独り言も、良いかも

中山たかし

コールサック社

中山たかし『独り言も、良いかも』目次

序……9

Ⅰ　学校まで6キロ食べて

柱時計……12
蓮華草《れんげそう》……13
にぎりめし……14
ラジオ体操……15
赤とんぼ、蛍……16
夕焼け……17
学校まで6キロ食べて……18
紫陽花……19
散髪屋のマンガ本……20
提灯……21
大空にでっかい虹……22
五右衛門風呂……23
学校からの帰り道……24

麦踏み 25
蒸気機関車 26
貧乏 27
夜行列車 28
木登り 29
赤とんぼ 30
鷲 31
かくれんぼ 32
何十年も前のこと 33
海に島 34
凪 35
ずぶ濡れ 36
缶蹴り 37
猫 38
帰ろう 39
牛 40
夕焼け小焼け 41

Ⅱ 独り言も、良いかも

弱い人 44
反省 45

一つずつ……46
弱い人が弱い人に……47
暑さ寒さ……48
どうして此処にいるのだろうか……49
逆境……50
言葉足らず……51
写真……52
そうかそうか……53
どの料理が好き?……54
言えないこと……55
大した事ない……56
静かに、静かに……57
公平……58
第三の自分……59
遠い……60
偶然……61
人のせい……62
思い通りにはいかない……63
宝くじ……64
なんだろうな……65
自分が嫌になった……66
お天道様が見てるよ……67

ばちあたり……68
メール送る前に……69
口を閉ざして……70
待つ……71
ここは何処……72
マスク……73
余裕……74
仏像……75

Ⅲ　生かされている

日向ぼっこ……78
蟬……79
鳩ポッポ……80
生かされている……81
乳母車……82
憎いネギめらめ……83
ゴキブリ君との会話……84
時が経てば……85
間違いだらけの人生……86

暇……87
流れる……88
影……89
会話……90
デリトケート……91
どこを見てるの……92
早歩き……93
もう31℃……94
何十年も前のこと……95
鳥の声……96
眠れない……97
自分勝手……98
ふたりぽっち……99
台風……100
西日……101
人生……102
慣れ……103
迷い……104
落とし穴……105
やり尽くした蝉……106

Ⅳ　システムエンジニア（ＳＥ）の独り言

プロジェクトの成功……108
システムテスト……109
デバッグ……110
あの人嫌い……111
２０００年問題……112
真夜中のディスクの音……113
わからん……114
飯食った……115
最終電車……116
残業残業……117
寒いなコンピューター室……118
トラブル電話……119
行ってくれない……120
決めてくれよ……121
期待……122
会社に戻るのも久しぶりだな……123
太るばかり……124
またおまえか……125
しわよせ……126
え違うの……127

プログラムリストが重い……128
マニュアルが厚い……129
性能が出ない遅い……130
ループしてるよ……131
個人情報は持たないこと……132
派遣法、請負……133
見積もり……134
情報処理試験……135
徹夜……136
出張……137
責任逃れ……138
プロジェクト計画……139
cobol……140
テストデータ……141
データ移行……142
仕様打ち合わせ長い……143
フォロー会議……144
汎用機、オフコン、ミニコン……145
本稼働立ち合い……146
仕様変更……147
アジャイル人生……148
石を投げたらその石は自分に当たる……149

序

日常の生活の中で、ふと思ったことを表したものです。

昔のこと、現在のこと、混ざっていますが。

Ⅰ　学校まで6キロ食べて

柱時計

チクタクチクタク、ボーンボーン

耳から聞こえ、そのうち心の中から聞こえ

いつの間にか、昼寝

蓮華草《れんげそう》

水田に蓮華草
幼いころ、一つずつ摘んで
花輪を作って、自分の首にかけ
にこにこ喜んでいた

にぎりめし

田植えの昼時
ござひいて皆で食べたにぎりめし
うまかったな

ラジオ体操

夏休みといえば、ラジオ体操を思い出す
ラジオ体操第一、音楽とともに
まだ朝は涼しかった
集まりの場所まで行くのに
露草に濡れた

赤とんぼ、蛍

幼いころの

赤とんぼ、蛍

今も飛んでる、時々

夕焼け

海に夕焼け、ものすごく大きな太陽
ポンポン船も浮かんでいる
腹へったと涙ぐみながらの綺麗な景色

学校まで6キロ食べて

学校まで6キロ
寄り道しながらの野イチゴ、山ぶどう、蛇にも会い
傘もなく雨にびしょ濡れながらも歩いて6キロ

紫陽花

梅雨、縁側、一人、庭の紫陽花

いつまでも見てる

散髪屋のマンガ本

散髪屋にあるマンガ本、昭和30年代

ほとんどテレビ化したのでは

提灯

親戚からの帰り道、月明かりは月が出てなく
提灯で帰る、ほんの先しか見えないけど

大空にでっかい虹

大空の端から、端までかかる虹
ぽかんと、デカさに心を奪われて
動かない子

五右衛門風呂

外は満天の星
北斗七星に流れ星
貧乏だったけど
景色には恵まれていたな

学校からの帰り道

道草ばかりしていたな
田んぼの中、雑木林の中
みかんを少しだけ恵んでもらい
すずめの巣を見つけたり
蛇に出くわすことも

麦踏み

みんなで麦踏み

楽しかった

蒸気機関車

蒸気機関車

石炭

近くにぼた山

貧乏

貧乏な時には

貧乏と全く思ってない

夜行列車

訳あって夜行列車
遠い道のり
窓の景色に映っているのは
不安、心配

木登り

木登り

少し登って、達成感

赤とんぼ

赤とんぼ
飛んでいるのを
じっと見ている
どこかに飛んで行くまで

鷲

鷲が蛇をくわえて
飛んでいる
高く高く

かくれんぼ

かくれんぼ
隠れるところはたくさん
でも見つかりやすい所に
隠れていた

何十年も前のこと

何十年前のこと

ふとしたことを思い出す

いい思い出

海に島

山の上から
たくさんの小島
きれいだ
今も見える

風

夏の雑木林の涼しい風、春の野原の風
秋風、どこへいったのだろう、この風達は

ずぶ濡れ

たまには、ずぶ濡れになるのもよいかも

そうはいかないよね

雨合羽、あれはよかったな

缶蹴り

缶蹴り
庭で
一人で
田舎の子供時代

猫

幼いころ寝て起きると
猫もいつの間にか隣で一緒に寝ていた
兄弟げんかでは何故か味方してくれてた
自分の子供と思っていたのかな

帰ろう

もう帰ろうよ
来たばかりでしょう
帰りたい
ね、帰ろう

牛

昔の記憶
　家畜の牛は家族
　　畑、たんぼを耕す大事な働き手
　　　たまに飛び出し、探すことも
　　　　売られていく時は悲しい

夕焼け小焼け

夕焼け小焼け
いつもそこにあった
畑、田んぼ、いつもそこにあった
腰の曲がったお爺さん、お婆さんもいた

Ⅱ　独り言も、良いかも

弱い人

弱い人だらけ、強い人はいない
強い人も、見方を変えると
かわいそうなぐらい弱い人

反省

反省ばかり、反省しないようにと強い気持ちで
今から
また反省、反省して生きていくしかない
頑張ろう

一つずつ

何ごとも一つずつ

一個一個、順番にです

弱い人が弱い人に

誹謗中傷、弱い人が弱い人に対してのようにもみえる
でも弱い人たちのやり場のない気持ちを
拾ってくれる所がない
独り言も、良いかも

暑さ寒さ

少しは遠慮してよ、自然さん
最近、暑すぎる、寒すぎないかい
言ってもしょうがないけど

どうして此処にいるのだろうか

どうして此処にいるのかな

教えて

私にとりついている神様

逆境

逆境に強いかも
でも好きではありません

言葉足らず

言葉足らず、人生の大きな失敗の元にもなる

言葉足りすぎて、心が足りずも

写真

写真は要らない
写真機やスマホでも撮らない
残したい風景は心に残っているから
感情も一緒に写っているのが
どうしようもないかな

そうかそうか

そうか

そうだったのか

どの料理が好き?

どの料理が好きですか?
悲しさに寂しさと空しさを混ぜた料理
嬉しさがこもった料理
料理人のプロの技で作った料理

言えないこと

言えないこと

それは、さ行の3文字目と

か行の2文字目

大した事ない

すべてが全て大した事ない

静かに、静かに

静かに、静かに、とにかく静かにね

自分に言っている

公平

生まれて、息して、食べて、寝て、起きて

また食べて

最後は死んで、みな公平

第三の自分

第一の自分は、自分
第二の自分は、第一の自分を監視している
第三の自分は、第一の自分の運命を勝手に作っている
どうにもならない、他の人のところに行って欲しいよ

遠い

10分でも遠い時は遠い
20分でも近い時もある
いつもの道は遠く感じる

偶然

悪い偶然は重なるけど
良い偶然は重ならない

人のせい

人のせいではない

自分のせい

ほとんどがそうかも

思い通りにはいかない
思い通りにはいかない
思わない思いたくない
方向にはいくけど

宝くじ

当たるはずがない確率的には
万が一もあるし
買わないと当たらないし

なんだろうな

どうしてかな

どうしてこうなるのかな

なんだろうね

自分が嫌になった

自分が嫌になった

何十回、何百回、何千回

反省、反省、反省

お天道様が見てるよ

お天道様が見てるよ
親兄弟に迷惑かかるよ
子供の時の道徳教育
今も大人も子供も道徳教育が必要

ばちあたり

ばちがあたるよ、そんなことをすると
そんなことしてないけど
自分にも、ばちあたり

メール送る前に

メール送るのは、少し時間をおいてから
やはり送るのやめようかになるか
または全部書き直しになるかも

口を閉ざして

口を閉ざして貝になる

心を閉ざして何になる

待つ

早く来て待つ
これでいいんだ

ここは何処

ここは何処
どうして此処にいるのだろうか
考えても後悔しても
仕方がない

マスク

マスク

したくないけど

した方がいいよと自分に言い

余裕

余裕で一番大切なことは
金銭的余裕、時間的余裕、能力的余裕
いろいろな余裕があるけど
心の余裕、これさえあればね

仏像

大きな仏像、仏様
何故か落ち着く
少し神頼み
そして悪いことをしないためにも

Ⅲ　生かされている

日向ぼっこ

窓越しに日向ぼっこ

小さな幸せ

蟬

夏の熱いベランダで、蟬が、日除けしながら

一人で何か考え込んでいる

何、考えてるんだろう

鳩ポッポ

鳩も一生懸命、必死に生きてるな
人間に遠慮なんかしてられないよな

生かされている

生きているというより
生かされている
運命のいたずら
仕組まれた運命
どちらも

乳母車

僕も乗りたい

乗ったことがないので

憎いネギめらめ

ネギがきらいできらいで
憎いネギめらめ、おまえら畑で踊ってろ
という詩を八歳の頃、書いたことがある
もう恨みはないです

ゴキブリ君との会話

壁を歩くゴキブリ君
ゴキブリ君との会話
「また来たの。うちには食べ物何もないよ。」
「別に気にしなくてもいいよ。」
「そうか。じゃまたね。」

時が経てば

時が経てば忘れられる、楽になる
逆だよね
思い出すことが多くなったり
突然、気づいたり、わかったり

間違いだらけの人生

人生のどこで間違えたのかな

間違いでなく、　たぶん

運命の選択の結果の積み重ねなのだろう

暇

暇なときは暇が重なる
たまに用事があると何故か重なる

流れる

流れる、流される、流れをつくる
あなたはどのタイプかと言われ
結局、流されているのかな

影

幼いころ、一人でいると
お日様が自分の影を作ってくれた
その影を追いかけてよく遊んだよな
何となくそうしたいけど
今は影さえ現れない、気候変動のせい？

会話

会話か、あまり会話が好きでない
心での会話が多いかな
特に異性とは

デリトケート

デリトケートでなく
デリケートです
私としてはデリトケートです

どこを見てるの

ちょっとしたまつ毛の変化
お化粧、着ている服の色
うっすらと浮かぶ寂しさなど
見たいからでなく
何か悩みが漂っているのが
見えてしまう

早歩き

早歩き、今はできない
したいとも思わない
人生は早歩き
しない方がよいかも

もう31℃

朝8時前、　もう31℃
つけたくないけどクーラーのお世話に

何十年も前のこと

何十年前のこと

ふとしたことを思い出す

いい思い出

鳥の声

快い時もあれば
うるさい時もある

眠れない

眠れない、でもいつの間にか寝ている

力が入っているのかな

心にも、体にも

自分勝手

自分勝手、他人勝手

結局、自分勝手

ふたりぽっち

ひとりぽっちは辛い、それとも辛くない
ふたりぽっちは、どっち

台風

家が飛ばないように、その備え
今は浸水しないように、その備え
備えで防げるのだろうか
結局、避難するしかない

西日

西日、暑そう
暑かろうが今の住まい
巡り会わせです

人生

道に迷うなよ
人生に迷うのはいいけど
道でコケるなよ
人生でコケるのはいいけど

慣れ

あなたに慣れました

慣れてくれてありがとう

迷い

長い階段にするか
それともエスカレーターにするか
皆さん迷わない
階段を敢えて選んでいる人には
何故か感心する

落とし穴

落とし穴は、どこにでも
たくさん、次から次に
誰が作ってるの？
自分でしょう

やり尽くした蟬

蟬の死骸が、家の周りにたくさん
やり残したことはないんだろうな
たぶん

Ⅳ　システムエンジニア（SE）の独り言

プロジェクトの成功

プロジェクトの成功はあるのだろうか
納期、予算、目的達成
でもプロジェクトメンバーの誰かが
どこかで傷ついてるとしたら

システムテスト

真夜中のシステムテスト

帰れない帰りたい帰して

デバッグ

「display」文があれば、これで何とかわかる

あの人嫌い

システム開発プロジェクトチーム

あの人嫌い、これが普通にある、普通のことです

２０００年問題

システムの２０００年問題
一体何だったでしょうね
正月に立ち合い、思い出したくもない

真夜中のディスクの音

コンピュータ室、真夜中の開発テスト作業
ディスクの動く音だけが聞こえる

わからん

このプログラムどこが悪いのか

わからん、おかしいな、おかしいな、わからん

飯食った

飯食った、さあ頑張ろう

終わるかな

最終電車

今日も最終電車、　とタクシー

住まいの近くで夕食

残業残業

残業代はありがたい、貯まる
おかげでマンションも買えたと思う
でもね・・・

寒いなコンピューター室

寒いなコンピューター室は

冷房効きすぎ、ここに長く居られないよ

トラブル電話

システムが動かないんですがと電話

ここから長電話の始まり

行ってくれない

人がいなく、誰か来てくれないかとのこと

ちょっと行ってくれない、ちょっとで済まないのよね

決めてくれよ

いいかげんどうするか

決めてくれよ

期待

期待に応えられず
プロジェクト崩れ

会社に戻るのも久しぶりだな

二週間ぶり、一か月ぶり、二か月ぶり

会社に戻るのも久しぶりだな

太るばかり

脂っこいものを、特にラーメン、焼き肉類を
夜遅く食べると、すくすくと太るばかり
健康診断の結果も日に日に

またおまえか

バグだらけのプログラム

またおまえか

しわよせ

しあわせ、はないけど

しわよせ、はいっぱい

え違うの

え違うの、うそでしょ

最初から言ってよ

プログラムリストが重い

プログラムの印刷リストの持ち帰り

歩いて帰るので重い

マニュアルが厚い

マニュアルを読めって言われても
厚いし、英語だし、どこ読めばいいの

性能が出ない遅い

このプログラムが悪い

性能が悪い、いつ終わるの

ループしてるよ

ループしてるよ、えーーっ

プログラムを殺して

個人情報は持たないこと

個人情報は持たないこと

受け取らないようにすること

派遣法、請負

請負だからね、派遣法にならないよう

指示しないこと

見積もり

見積もり、どう見積もりゃいいのよ
簡単に言うなよな

情報処理試験

また落ちるかな、論文書けなかったな

腕がよれよれ

徹夜

徹夜か、三時ごろ、眠くなるんだよな

徹夜も慣れたな

出張

出張、ホテルに戻れば、ただ寝るだけ
起きたらすぐに仕事場に

責任逃れ

責任者は責任とらないよね
この世界も、システム開発は
うまくいくことが少ないからね

プロジェクト計画

後で変更するために作成する
変更するためのベースが必要

cobol

cobolが一番いい
オンライン処理も、バッチ処理開発も

テストデータ

テストデータ作るの大変

どこにも元になるデータもない

データ移行

データ移行は難しい
とんでもないデータも入っている
どうやって入れたのだろうか

仕様打ち合わせ長い
仕様打ち合わせが長い
決める人が決めないから

フォロー会議

フォロー会議で
話すことは決めてある
でも、いやだね

汎用機、オフコン、ミニコン

今はクラウド、汎用機、オフコン、ミニコン

懐かしいな

本稼働立ち合い

本稼働立ち合い

何もないことはない

仕様変更

これに悩まされたな

アジャイル人生

システム開発にアジャイル開発がある
人生もアジャイルで
今後、増えるかも

石を投げたらその石は自分に当たる

その通り、本当だよな

してはいけないよ

解説　夕焼と寛容に引き込まれる「独白」の世界

中山たかし『独り言も、良いかも』に寄せて

鈴木比佐雄

1

中小企業診断士の中山たかし氏は、東京都の中小企業を支援する団体から派遣され、私の出版社の現在進行中の課題について半年近くにわたり毎月来社され、貴重な助言を頂いた。中小零細企業の実情を踏まえて、その課題を克服していく良き提言をされた緻密なレポートも残して下さった。最終の打ち合わせの数日前に、中山氏からメールがあり、プライベートで書いたものがあるので、読んで欲しいと今回の『独り言も、良いかも』の元原稿が添付されてあった。

中山氏は本業の仕事を終えた後に、私から取材した総合文芸書出版社の本作りの考え方やプロセスに強い関心を持ったようだ。そして中山氏は秘かに書き溜めていた「日常

の独り言」約一三〇篇の連作について率直な感想を聞きたいことや、その出版が可能かどうかを尋ねられた。

私は拝読した「日常の独り言」について、その各篇のタイトルを含めた三行から六行の独特な言葉使いに、自己の内面の純粋で最も大切な情景を宿し、また人生で得た人間や生きものたちを生かす知恵が生かされていて、感動を受けた心に残る作品が数多くあると伝えた。そして出版するならば、内容に相応しい本のタイトルや装幀デザインと、テーマ別に章分けをしてそのテーマが関連し展開するような企画・編集やそれを実現する造本などが必要であることを伝えた。そうすれば詩集・句集・歌集といった詩歌集のジャンルには収まらないが、中山氏の経験・思索を伝える独特な箴言集的な類例のない本が生まれるかも知れないと伝えた。すると中山氏は即座にお任せしますと言い、本書の企画・編集が開始され、編集作業は順調に進み、本書『独り言も、良いかも』が誕生したのだった。

2

本書は「序」と四章「Ⅰ　学校まで6キロ食べて」三十篇、「Ⅱ　独り言も、良いかも」三十二篇、「Ⅲ　生かされている」二十九篇、「Ⅳ　システムエンジニア（ＳＥ）の独り言」四十二篇の合計一三三篇から成り立っている。「序」は「日常の生活の中で、ふと思ったことを表したものです。／昔のこと、現在のこと、混ざっていますが。」というように、とてもシンプルな表現だ。この「日常の生活の中で、ふと思ったこと」の中の「ふと思ったこと」はきっと中山さんにとってとても懐かしく、決して忘れられない情景なのだろう。

Ⅰ章「学校まで6キロ食べて」の1番目の作品を引用する。

柱時計

チクタクチクタク、ボーンボーン

耳から聞こえ、そのうち心の中から聞こえ
いつの間にか、昼寝

Ｉ章は中山氏の生まれた佐賀県の山村の暮らしを想起した作品群だ。かつての古民家に鳴り響く柱時計の時を刻む音が身体に入り込み、心と時計の音とが一体化して心身がリラックスして癒されていく様を幽体離脱した少年の中山氏の魂が、自らの昼寝している姿を眺めているような思いがしてくる。なぜタイトルから二文字ずつ下がっていくのか。それは魂の深まりを暗示しているのかも知れない。この二文字下がりの行分けの形式が中山氏の独特な表現なのであり、私は中山氏が何も忖度しない自由な心を「ふと思った」ように取り戻し、魂の在りかを訪ねて降りて行こうと試みる、表現形式を試行錯誤しながら見つけたのだろうと感じた。次に「夕焼け」と「学校まで6キロ食べて」を引用する。

夕焼け

海に夕焼け、ものすごく大きな太陽
　ポンポン船も浮かんでいる
　　腹へったと涙ぐみながらの綺麗な景色

　この作品は夕焼けを見た少年の感動を伝えている。なぜこの三行詩のような作品が私を感動させるかというと、「腹へったと涙ぐみながら」も、「綺麗な景色」に見とれている少年の思いを自らが夕焼けに感動した体験に重ねているからだろう。絵ハガキ的な夕焼けの光景との違い、一日の終わりの夕焼けに感動する人間の不可思議な思いを、初めて自覚した少年の情景が、記されているからだろう。次に「学校まで6キロ食べて」を引用する。

学校まで6キロ食べて

学校まで6キロ
寄り道しながらの野イチゴ、山ぶどう、蛇にも会い
傘もなく雨にびしょ濡れながらも歩いて6キロ

この作品もタイトル「学校まで6キロ食べて」という表現も、学校の先生なら文法的にはおかしいと言って赤字を入れてしまいがちな表現だ。しかしとても面白く野生的な少年が「野イチゴ、山ぶどう」の収穫物の匂いを嗅ぎ出すような、臨場感が溢れている。中山氏は理系で後にシステムエンジニアになるのだが、その決められたいわゆる科学主義の範疇に収まり切れない野生の感性の原点がこの表現に感じ取れる。学校にはたぶん山道6キロを大人でも一時間半くらいかかるのだろうが、元気な少年ならば二時間以上

かけて自然物から生かされて楽しんで通っていたのだろう。その他の作品には、貧しかったが、人と生きものたちの温もりのある暮らしが、ふと想起されて記されている。このような原風景を中山氏は、たぶん自分が弱っているときに宝物の情景として取り出して、生きる力を取り戻して生きてきたのかも知れない。

3

Ⅱ章「独り言も、良いかも」は中山氏の「独り言も、良いかも」という「独り言」を肯定していく考え方を伝えている作品群だ。一篇目「弱い人」、二篇目「反省」、三篇目「一つずつ」、四篇目「弱い人が弱い人に」の三篇を連続して引用する。

弱い人

弱い人だらけ、強い人はいない

強い人も、見方を変えると
かわいそうなぐらい弱い人

反省

反省ばかり、反省しないようにと強い気持ちで
今から
また反省、反省して生きていくしかない
頑張ろう

一つずつ

何ごとも一つずつ

一個一個、順番にです

弱い人が弱い人に

誹謗中傷、弱い人が弱い人に対してのようにもみえる
でも弱い人たちのやり場のない気持ちを
拾ってくれる所がない
独り言も、良いかも

これらの四篇を読むと中山氏の人間観は、人は誰でも「弱い人」なのだという洞察をされているようだ。いくら強靱な意志を抱えていても、それは弱さを見せないだけで「かわいそうなぐらい弱い人」なのだと語っている。しかし弱いからこそ、人は強くなるために「何ごとも一つずつ」基礎力を育み実力をつけていくべきだと語っている。た

だ時に「弱い人」は、他の自分よりも弱く見える「弱い人」を誹謗中傷し、貶めていく屈折した悪意を抱くことがある。そのような「弱い人」に対して中山氏は、人はいつも弱さを見つめて「反省して生きていくしかない」のだと語っている。そのために家族や市民社会を作り、互いをかばいながらようやく生きているのだという認識を抱いているようだ。中山氏はこの「反省」という謙虚さを失わない自らを絶えず省みる意志が、人一倍強いように思われる。中山氏の「独り言」が他者を意識しない突拍子もない「独り言」とは異なり、内面の格闘を整理して、過去の経験からより良き判断をして行動するように促すのは、この「反省」の力を「独り言」の中に宿しているからだと私には考えられた。「独り言」の良き効用を促すために本書を構想したのだろう。

Ⅲ章「生かされている」から「生かされている」と「やり尽くした蟬」の二篇を引用したい。

生かされている

生きているというより
生かされている
運命のいたずら
仕組まれた運命
どちらも

やり尽くした蟬

蟬の死骸が、家の周りにたくさん
やり残したことはないんだろうな
たぶん

「独り言」を突き詰めていくと、当たり前のことだが、自分は一人で生きているのではなく、宇宙・自然や社会の多くの人びとのおかげで命をつないでいることに気付き、奇跡のような「運命のいたずら」によって、自分の存在が天命として「生かされている」ことに気付くのだろう。その意味で中山氏の「独り言」は、英訳のsoliloquyやmonologueといった良く練られた演劇的な「独白」に近いかも知れない。

その意味で「やり尽くした蟬」のように中山氏はなりたいと願っているに違いない。そして「やり残したこと」がないように、子供の頃から繰り返し反復される憩いの情景や仕事で経験的に蓄積された智恵を、「独り言」(独白)としてまとめて現代社会で生き辛いと考えている人びとに、読んで欲しいと願っているのだろう。

最後にⅣ章「システムエンジニア(SE)の独り言」から最後の一篇を引用したい。

石を投げたらその石は自分に当たる

その通り、本当だよな
してはいけないよ

最後の「独り言」では、人の過ちを過度に非難することが、いつか逆の立場になって自分に還ってくると告げている。この当たり前のことが省みられない貧しき人間社会が続いている。中山氏は人の過ちや失敗などに寛容であるべきだと強く語っている。システムエンジニアという会社の根幹に関わる仕事で、多くの経験をしてきて痛感したことは、現代の社会においても最も重要な精神的な課題になっている。本書『独り言も、良いかも』を呟くように内面に問いかけながら読み上げて欲しいと願っている。

あとがき

『独り言も、良いかも』は、次のような思いから作りました。

共感する
参考になる
気分転換になる
自己反省になる
自分に戻れる
気持ちが楽になる
前向きになる
懐かしむ

何かに気づく

九州の佐賀県の田舎（佐賀県東松浦郡）に、小学校6年の2学期まで住んでいました。大阪に引っ越し、大学（大阪大学）卒業まで住んでいました。就職で上京し、東京都北区に始まり、さいたま市、次に横浜市、川崎市、現在は東京都世田谷区に住んでいます。仕事は、コンピューターのメーカー系のＩＴ企業でＳＥ（システムエンジニア）を38年ほどしておりました。現在は、中小企業診断士として自営業をしています。

佐賀県の田舎での思い出や、仕事、日々の生活の中で感じたことを、『独り言も、良いかも』として表現したものです。

もともと詩が好きで、自身は感性の人と自負しており、何か自分の感性を活かした、思いのままに気楽に表現したメモみたいなものでも作品として残せないのかな、と思っている折に、仕事の縁で、本年7月にコールサック社様と運命的に出会いました。コールサック社様に、ドラフトを見せたところ、発刊を快く引き受けていただき、現在に至っています。

特に、「システムエンジニア（ＳＥ）の独り言」は、ＩＴ業界にいた方、今もその世界で活躍されている方々には共感することが、多いのではと思っています。

本書を刊行する上で、家族、友人、知人、仕事で出会った素晴らしき人々、コールサック社の皆様に心より感謝を申し上げます。

二〇二五年一月

中山たかし

著者

中山たかし（なかやま　たかし）

（本名　中山高秀）

1955年、佐賀県生まれ。大阪大学卒業。IT企業で38年間システムエンジニア（SE）として勤務。現在は中小企業診断士、公認内部監査人（CIA）、システム監査技術者。

共著　『管理の仕組みづくり: 中小企業の持続的成長を支える』（2016年・税務経理協会）

著書　『独り言も、良いかも』（2025年1月・コールサック社）

石炭袋

独り言も、良いかも

2025年1月23日初版発行
著　者　中山たかし
編　集　鈴木比佐雄
発行者　鈴木比佐雄
発行所　株式会社 コールサック社
〒173-0004　東京都板橋区板橋 2-63-4-209
電話 03-5944-3258　FAX 03-5944-3238
suzuki@coal-sack.com　http://www.coal-sack.com
郵便振替　00180-4-741802
印刷管理　（株）コールサック社　制作部

装画　山本萠　　装幀　松本菜央

ISBN978-4-86435-639-8　C0092　¥2000E